마음의 수수밭

마음의 수수밭

창비시선—다시봄

천양희

차례

제1부 마음의 수수밭

제2부 산행(山行)

제3부 터미널 간다

제4부 직소포에 들다

마음의 수수밭

마음의 수수밭

마음이 또 수수밭을 지난다. 머윗잎 몇장 더 얹어 뒤란으
로 간다. 저녁만큼 저문 것이 여기 또 있다.

개밥바라기별이
내 눈보다 먼저 땅을 들여다본다
세상을 내려놓고는 길 한쪽도 볼 수 없다
논둑길 너머 길 끝에는 보리밭이 있고
보릿고개를 넘은 세월이 있다
바람은 자꾸 등짝을 때리고, 절골의
그림자는 암처럼 깊다. 나는
몇번 머리를 흔들고 산속의 산,
산 위의 산을 본다. 산은 올려다보아야
한다는 걸 이제야 알았다. 저기 저
하늘의 자리는 싱싱하게 푸르다.
푸른 것들이 어깨를 툭 친다. 올라가라고
그래야 한다고. 나를 부추기는 솔바람 속에서
내 막막함도 올라간다. 번쩍 제정신이 든다
정신이 들 때마다 우짖는 내 속의 목탁새들
나를 깨운다. 이 세상에 없는 길을
만들 수가 없다. 산 옆구리를 끼고

절벽을 오르니, 천불산(千佛山)이
몸속에 들어와 앉는다.
내 맘속 수수밭이 환해진다.

동해행(行)

그는 지금 동해로 간다
차창 밖에서 누가 손을 밀어넣는다
그까짓 세상 같은 거 절망 같은 거
확 잡아채 강둑에 던진다
강물이 퍼렇게 눈을 뜨고 올려다본다
못난 몸 어디가 조금 젖는 것 같다
노을이 붉어지고
잔정에 붙들린 마음이 붉어져
낄룩낄룩 낄룩새처럼
춘천강을 건너간다
경춘선은 왜 휘어지다 말다 이어지는가
차는 속이 거북한 듯 몇번 쿨럭거린다
건성으로 질주하는 직행버스
일사천리 질주만이 전부라는 듯
고속으로 달린다
지름길도 회전길도 후진시킨다
그는 비로소 어깨에 힘을 내린다
지정석에 앉아
이렇게 달리는 게 직진하는 生이냐, 그는

이정표 쪽을 물끄러미 본다
아득한 삶의 절벽, 비탈길 오르다
뒤축 닳은 세월 갈아 끼지 못했다
불시에 마주친 검문소 몇개
잘못이 없는데도 바퀴는 자주 덜컹거린다
무제한으로 넘어서는 속도계
한계령에 와서야 겨우 속도를 늦춘다
저 고개를 넘어야, 결국 나를 넘어서야……
지금 그는 동해로 간다.

진로를 찾아서

진로(眞露)도매센터 빌딩을 몇번 돌았다
불빛 환한 지하에서 두꺼비처럼 두리번거리며
예술의 전당 쪽 계단을 오른다
나는 잠시 머뭇거린다
진로(眞路)는 어느 쪽일까. 길눈이 어두워
진로(進路)를 찾지 못해 돌아 나온다. 오후 7시.
저녁 어스름이 내 빈속에 꽉 들어찬다
저 불빛 저 그림자도 길게 누일 길 있던가
생각하는 사람처럼 깊어지는 가로등들,
모르는 곳에 제 속을 허문다
차 소리에 쓸려 나무들은 한쪽으로 기울고
닳을 대로 닳은 길은
사람의 산책을 허락하지 않는다
나는 예술의 전당 무궁꽃에 기대어
한 사람의 진로에 대해 생각해보았다
먼 길은 멀어서 하루가 짧고
담벽 너머 보는 지붕들이 뾰족하다
아무도 아무것도 돌이킬 수 없어
길 같은 길 어디 있냐고 투덜대는 사람들이

자꾸만 길이 비좁다며 바람처럼 빠져나간다
모든 것은 항상 끝나는 곳에서 시작된다. 진로여
나는 너에게 줄 미래도 없는데
내 의지는 소의 눈처럼 꿈벅거린다
누가 나를 시험하려 세상을 문제로 내놓은 걸까
어딘가 길 잃은 사람 있을 듯
굽 낮은 내 구두는 아직 귀가하지 못하였다
여기서 진로(眞路) 너무 아득해 빌딩 숲 헤쳐 닿을 길 없고
이 길 한켠에서 생각나는 것은 사람마다
가지 않은 길 하나씩 품고 있는 한줌 기대와 기대 속에 묻
힌 한그루 추억의 푸른 나무.
기대는 자주 우릴 설레게 한다
설렘 속에서 새벽이 뜬눈으로 돌아온다.
비로소 진로란
우리들 생이 그렇듯
비뚤비뚤하거나 비틀비틀한 것이라고
중얼거린다.

여름 한때

비 갠 하늘에서 땡볕이 내려온다. 촘촘한 나뭇잎이 화들
짝 잠을 깬다. 공터가 물끄러미 길을 엿보는데, 두살배기 아
기가 뒤뚱뒤뚱 걸어간다.

생생한 生! 우주가 저렇게 뭉클하다
고통만이 내 선생이 아니란 걸
깨닫는다. 몸 한쪽이 조금 기우뚱한다

바람이 간혹 숲속에서 달려나온다. 놀란 새들이 공처럼
튀어오르고, 가파른 언덕이 헐떡거린다.
웬 기(氣)가 ── 저렇게 기막히다

발밑에 밟히는 시름꽃들, 삶이란
원래 기막힌 것이라고 중얼거린다

나는 다시
숨을 쉬며 부푼다. 살아 붐빈다.

원근리(遠近里) 길

　가깝고도 먼 것이 무엇이었더라. 원근리에 머무는 마음이여. 길 한쪽이 나를 당긴다. 꼬불꼬불한 것은 길만이 아니다 내 속의 산맥들 그리고 능선들. 원근리는 몰래 나를 알고 있어서 마음의 명암까지 뭉클해진다. 삶은 꼬리 잡혀 꿈쩍 않는데 하늘 한끝에서 별똥별이 떨어진다 포기한 자 이탈한 자 그들이 자유롭다 문득 느낀다. 내 그림자 나에게서 떨어지지 않는다. 생각지도 않은 생나무 그늘이 발끝까지 따라온다. 나는 촘촘한 생의 생잎들을 조금씩 들춘다. 들추다가 지름길을 힐끗 엿본다. 재봉새 한마리 언제 끝날지 모를 집을 짓는다. 빠른 길만이 앞선 것은 아니다. 오늘도 길은 가까웠다 멀었다 하였다. 저물녘에야 마음의 경계 너머 다른 길에 멈춘다. 언제나 바짝 엎드린 기찻길. 우린 아무것도 일치할 수 없다. 세상 속을 가로질러 길 끝과 마음 끝이 나란히 선다. 가깝고도 먼 것이 무엇이었더라. 소리치며 기차가 지나간다. 날마다 내 속으로 들어온 길. 원근리에 가서 꺼내놓는다.

알피니스트

세계에서 제일 높은 산을
열네번 등정한 매스너가
이 시대 최고의
알피니스트라면
십년 면벽 끝내고
더 깊은 산중으로 들어가버린
이름 모를 스님은 무엇이라 할까

평지에서도
힘들어 못 살겠다고 악을 쓰는
나에게는
아무래도 그 스님이
지상에서 제일 높은 정신의 암벽을
등정한 알피니스트란 생각이 든다

정신은 오를수록
높이가 더 높을 것이니까.

만년필로 쓰다

봉해둔 만년필이 하나 있다. 불란서生 몽블랑
어떤 생각이 머리를 탁 친다. 만년필로 쓰는 生!
나는 가지 않은 길을 쓴다. 모르는
길은 몰라서 눈부시다. 몇갈래
길이 발목을 휘감는다. 아직도
꿈은 목메이게 길어
산정까지 닿는다. 푸른 것들이
나를 따라온 적막을 적신다. 나는
알 수 없는 신명에 젖는다. 生이 다시
울창해지고 길들이 수런거린다
몽블랑 정상까지 꽉 찬 언덕길
새벽별 보고 빌던 내 삶의
끈끈이풀이 일어선다. 나는
올라가야 한다고, 풍선마냥 가볍게.
길은 험하나 꿈은 무성하다
만년설(萬年雪) 뒤로 지저귀는 눈꽃들
길이 하얗다. 너무 하얘서
옛 설화(說話) 속 설궁(雪宮)에서
사랑을 위하여 왕실을 버린다.

어떤 하루

건설 중인 빌딩 꼭대기에
둥지를 튼 송골매 두마리가 새끼를 낳아
다른 곳으로 날아갈 때까지
공사를 중단했다는 이야기가 몇년 전
오스트레일리아 멜버른에서 들려와
나를 감동시키더니
우리는 언제 저렇게 아름답게
살 수 있을까 궁금해지더니
며칠 전 신문을 보고
일어날 수 없는 일이 일어난 것처럼
놀랐느니
아파트 공사장에
까치 한마리가 새끼를 낳아
다른 곳으로 날아갈 때까지
공사를 중단했다는 이야기가
멜버른이 아닌 우리나라 서울에서 들려와
나를 감동시키느니
이것이 사랑하며 얻는 길이거니
득도의 길이거니

아름다움과 자비는 어디에서나 자랄 수 있는 것

나, 오늘 무우전(無憂殿)에 들고 말았네.

안경 탓이다

그는 늘 안경을 쓰고 있다
나는 그의 눈을 잘 볼 수가 없다
눈이 마음의 창이라면
나는 그의 마음을 잘 볼 수가 없다는 것이다.

그래서 나는 끊임없이 그가 의문스럽다
그래서 나는 끊임없이 내가 의심스럽다

영화 「빠삐용」에서
안경을 낀 더스틴 호프먼 노인이
안경을 끼지 않은 노인 스티브 매퀸에게
'넌 누구냐'고 묻는다
그의 대답은 '난 아무도 아니오'였다

그는 늘 안경을 쓰고 있다
나는 그의 눈을 잘 볼 수가 없다
그는 가끔 안경을 벗는다
그는 나의 눈을 잘 볼 수가 없다
눈이 마음의 창이라면

그는 나의 마음을 잘 볼 수가 없다는 것이다

그래서 나는 끝없이 내가 의문스럽다
그래서 나는 끝없이 그가 의심스럽다
그 의심이 나를 근시안으로 만든다
안경 탓이다.

소리봉길

송추계곡으로 길을 꺾어? 의정부 지나 포천도로 우회하며 중얼거린다. 길이 너무 꾸불텅하다. 소리봉은 어디쯤일까. 나는 멈칫거리며 두리번거린다. 길 안에 즐비한 원조 주막들. 대낮인데 지붕 한쪽이 기우뚱거린다. 이제 취하는 것도 취하고 싶은 마음보다 재미가 없다. 꾸불텅한 내 생에 내가 질렸다. 골목을 빠져나오니 광덕고개 너머 땅거미가 지고 있다. 얼마를 더 가야 하나. 차들이 먼저 길을 막는다. 막막하다. 앞길은 언제나 막막한 것일까. 흐린 토요일 오후

경원선 기차가 빠르게 스쳐간다. 내 손으로 내가 잡을 수 있는 건 내 살밖에 없다. 입춘도 경칩도 우수 속에 지나간다. 이래도 봄인가. 뭘 보라고 봄인가. 내가 생트집을 부린다. 나에게는 소리쳐 부르고 싶은 대춘부(待春賦)가 있다. 대춘부! 그대여, 나의 춘몽(春夢)은 그런 것이다. 그것이 여기까지 따라온다. 아, 나는 生으로 세상 부르며 득음하고 싶었다. 절필한 내 목소리 재창하는…… 소리봉을 넘어가선 영영 돌아오지 않는……

소리봉은 어디쯤일까.

숲을 지나다

바람 소리 왁자지껄 우이령을 넘는다. 바람보다 먼저 넘은 세월이, 어깨를 반쯤 골짜기에 묻고 있다. 벼랑 아래 손목도 놓아버리고 산자락도 놓아버려, 나무들의 귀때기가 파래진다. 무슨 일이 일어난 것일까. 이 오월에, 일제히 일어서는 초록의 고요. 잎사귀마다 생생한 바람 소릴 달고 있다. 산길을 따라왔던 마음이 능선 아래 멈춘다. 산자락 찢어 덮을 것이 있다. 잡목 숲에 내려앉은 어둠의 속. 비탈길 올라가는 숨찬 生의 속. 덤불 속 풀여치 눈도 뜨기 전에, 멀리 도봉이 몸을 불쑥 밀어올린다. 놀란 내 발이 길을 바꾼다. 바뀐 길 끝에 버티고 선 늙은 불이암. 불이(不二), 불이(不二) 하며 나를 향해 두 눈을 부라린다. 이제야 너와 내가 무등(無等)임을 알겠다. 무소새 한마리 문득, 숲에서 달려나온다. 이 시간에, 나는 왜 어머니 생각이 날까. 초록 세상이 이렇게 좋다. 숲을 지나며 나는 말끝을 흐린다. 더 갈 곳이 없다!

그 말이 나를 살게 하고

접어둔 마음을
책장처럼 펼친다
머리끝에는 못다 읽은
책 한권이 매달리고
마음은 또
짧은 문장밖에 쓰지 못하네
이렇게 몸이 끌고 가는 시간 뒤로
느슨한 산문인 채
밤이 가고 있네
다음 날은
아직 일러 오지 않는 때
내 속 어딘가에
소리 없이 활짝 핀 열꽃 같은
말들, 언로(言路)들

오! 육체는 슬퍼라. 나는 지상의 모든 책들을 다 읽었노라
던 말라르메의 그 말이, 비가 오고 있다. 움직이는 비애를 알
고 있느냐던 김수영의 그 말이, 흠 없는 영혼이 어디 있으랴
던 랭보의 그 말이, 누가 나를 인간에 포함시켰소라던 브로

드스키의 그 말이, 낮의 빛이 밤의 어둠의 깊이를 어떻게 알
겠느냐던 니체의 그 말이, 바람이 분다. 살아봐야겠다던 발
레리의 그 말이……

　나는 본다
　나에게로 세상에게로
　내려앉는 말의 꽃이파리들
　내 귀는 듣는다
　나에게로 세상에게로
　뚜벅뚜벅 걸어오는
　말의 발자국 소리들
　나를 끌고 가는
　밑줄 친 문장들.

새에 대한 생각

새장의 새를 보면
집 속의 여자가 보인다
날개는 퇴화되고 부리만 뾰죽하다
사는 게 이게 아닌데
몰래 중얼거린다
도대체 하늘이 어디까지 갔기에
가도 가도 따라갈 수 없다 하는지
참을 수 없이 가볍게 날고 싶지만
삶이 덜컥, 새장을 열어젖히는 것 같아
솔직히 겁이 난다
시작이란 그래, 결코 쉬운 일이 아닐 테지

새 중에서 제일 작은 벌새들도
이름 없는 잡새들도
하늘 속으로 몸을 들이미는데
귀싸대기 새파란 참, 새가
아, 안된다. 바람 속에 날개를 털어야 한다

일어나 멀리 날 때 너는 너인 것이다

기어코 너 자신이 되는 것
그것이 너인 것이다.

어느날

어느날
꿈 희망 이상 같은 것이 사라지고
어느날
수렁 비탈 미로 같은 것이 나타나고
어느날
내 세상 내 새끼 내 사랑 같은 것이 그리워지고
어느날
슬픔 아픔 배고픔 같은 것이 무서워지고
어느날
방황 좌절 절망 같은 것이 두려워지고
어느날
죽음 저승 지옥 같은 것이 끔찍해지고
어느날
빈손 빈 그릇 빈집 같은 것이 허무해지고
어느날 후회하고 어느날 참회한다
어느날
내가 심통(心筒)을 굳게 닫아놨는데
생각의 실마리가 여치 방아깨비처럼 날아다닌다
어느날

날아오르던 이상은 어디로 갔을까
내 몸속 어디에
동고비새처럼 고비를 타고 있는 것일까

어느날.

무주에서 하루

골짜기 따라가니
물의 귀엣말이 옛이야기만 같다
들국(菊)을 곁눈질하다
산은 자주 바위를 떨어뜨린다
못 본 척 나는
주목나무 숲 그늘로 들어간다
때때로 그늘이
풀꽃들을 가리는지
춥다, 춥다 웅크린다
지난 슬픔은 한잎씩 피어나
내 근심 속에서 저녁이 빨리 온다
나는 벌써
버린 사랑으로 발목이 삐어
멀리 갈 수가 없다
해탈교에 가려면
이속대(離俗臺)를 하나 더 넘어야 한다
구천계곡 위로 바라보는
절벽이 왜 이리 가파른가
날아가다, 새들이

날개를 접기도 한다
어둠이 어슬렁 걸어온다
짐스런 나를 내려놓고
일박(一泊).

제2부

산행(山行)

산행(山行)

덕성여대 앞 까페 늪을 지나
8번 종점 느티나무 아래서 잠시 쉬다
불이사(不二寺) 쪽으로 길을 꺾는다
지나온 길이 비뚤비뚤
발가락 어디가 아픈 것도 같다
미로는 처음부터 미로였다
길찾기를 멈추기 전에는
모든 것이 숲처럼 무성하리라 믿었다
배낭을 짊어진 채
나무 뒤에 나무처럼 붙어 서니
잡목 숲 엉클어진 내력을 알 것도 같다
대낮에도 캄캄한 산숲에 덮여
능선이 찢어져라 널 부르면
어둠도 아름다운 품속이었다
나뭇가지 위로 나그네새 빠르게 스쳐가고
종소리가 흩어지고……
루비스의 소설「자카르타의 황혼」을 읽고 있을 때
저 눈물꽃! 수유리가 황혼에 젖는다

언덕길이 너무 가파르다. 내 인생도 가파르게 넘었지만,
본가(本家)까지 본질까지 다 버리고 월세월세 하면서 도시
에서 세월 보낸 친구.

그도 헐떡이며 저 길을 올랐으리라

몸 따로 마음은 자꾸 내려가고

물소리도 따라 내려간다

절은 절대로 길에선 보이지 않는구나

언제나 길의 끝에 가서야 있구나

불이문 밀고 들어서니

대웅전은 목하 보수 중이라

헐은 내 마음은 수고로워 몇년째

보수할 길이 없다

불쌍한 몸이 배가 고픈지, 만년과(萬年菓)를 그리는지, 우
울증에 빠진 듯

흐르고 싶은 마음이 우물에 빠진 듯

빠져나오지 않는다

오, 우울과 우물의 깊음이여

절하지 못한 우울이

우물만큼 깊었던가 아니던가

저마다의 슬픔으로 절 문이 젖고
경전이 젖고 끝내 할 말조차 젖어
용맹정진 들어간 국민학교 내 친구
일우 스님 선방을 기웃거릴 때
불두화 하얗게 웃으며 반기면
이상 더 숨을 수 없어서
나는, 마른나무 밑에 쌓인다
썩은 잎들이 거름 되는 것을 눈여겨보며,
일생을 보기 전엔
거뭇거뭇 남은 누구의 흉터인지…… 죄다 버리고
살 터를 찾아 산속
저 적요 속으로, 반야 속으로 딸려가
아마 나는 피안 거리를 걸었을 것이다

산 끝에 가서야
나는 몇번이나 아제아제 불러본다.

바람 부는 날

　바람 부는 날입니다. 숲 그늘이 어룽대면서 계곡이 웅성거립니다. 바위는 입을 다문 채 물끄러미 물길을 배웅합니다. 절벽들이 오래 산허리를 꺾고 나뭇잎들의 속이 파랗게 질려 있습니다. 바람 잘 날 없는 것들의 하루가 길어집니다. 이젠 잡목 숲에 머무르는 것이 두려워지지 않습니다. 아직 귀가하지 못한 사람들이 산길을 쓸며 지나갑니다. 한때의 낙엽들 썩었던 거, 땅 끝 어디로 쓸렸는지 발 한쪽을 헛디딥니다. 언덕이 따라가는 산정은 높았으나 산자락 끌고 내려가는 물은 평등합니다. 지금까지 우릴 지켜낸 건 마음끼리 튼 길이었습니다. 슬픔도 친숙해지면 불행 속에서도 기뻐하는 자 있을 것입니다. 능선을 타고 골수까지 찌르르 내려오는 찌르레기 소리 골짜기만큼 깊어집니다. 제 깊은 속에다 칭얼대는 새끼들을 품은 까닭입니다. 골이 너무 깊어 숨는 벌레들은 땅껍질을 뚫는 유지매미들을 모를 것입니다. 나는 둥근 새장 하나 등처럼 내다 걸고 기다립니다. 제 모양이 둥글어지길 기다리는 것이 너무 오래 기다린 사랑일 것입니다. 바람 부는 날입니다. 웅웅거리는 삶의 송전탑 위로 하늘이 더 넓어지고 있습니다. 다시 마을로 내려갈 것입니다. 살아야 할 일이 남아 있기 때문입니다.

은행에서

출구를 향해 걸어가기 전에 나는
지불할 약속이라도 후회라도 있는 것처럼
몇초만 더 머물러야 한다
문밖에는 종일 빗소리 부풀고
접었다 폈다 마음은 우산처럼 젖는다
명치 끝에 걸린 그리운 것들을
쓸어내리며 나는
못다 한 말들과
공복의 시간을 청구서에 적는다
생활이란 무엇이냐, 사람이란 또
무엇으로 사는가 생각하며
生을 당겼다 밀어본다, 문도 한번
열었다 닫는다
내가 생의 속으로 들어가
생 속을 들춰본다
떨어질 듯 매달린 벼랑이 몇
날 밝기 기다린 어둠이 몇
나는 아직도 밀지 못한 절망이 많다고 믿는다
아, 한때의 꿈들

온라인으로 이어지고
잠시 나는, 만기로 저축해둔
꿈 하나를 통장에서 꺼낸다. 새의
알을 꺼내듯이 조심스럽게
세월이 한 계좌를 짊어지고 휘청거린다
우리는 누구나 희망을 믿고
희망에 속는다.

그 사람의 손을 보면

구두 닦는 사람을 보면
그 사람의 손을 보면
구두 끝을 보면
검은 것에서도 빛이 난다
흰 것만이 빛나는 것은 아니다

창문 닦는 사람을 보면
그 사람의 손을 보면
창문 끝을 보면
비누 거품 속에서도 빛이 난다
맑은 것만이 빛나는 것은 아니다

청소하는 사람을 보면
그 사람의 손을 보면
길 끝을 보면
쓰레기 속에서도 빛이 난다
깨끗한 것만이 빛나는 것은 아니다

마음 닦는 사람을 보면

그 사람의 손을 보면
마음 끝을 보면
보이지 않는 것에서도 빛이 난다
보이는 빛만이 빛은 아니다
닦는 것은 빛을 내는 일

성자가 된 청소부는
청소를 하면서도 성자이며
성자이면서도 청소를 한다.

외동, 외등(外燈)

나는 오래 여기 서 있었습니다. 외동 1번지
다시는 저 다리 위에 저 정거장엔 가지 않으리라
내려가서 길바닥에 주저앉지 않으리라
갈퀴별자리 옮겨 앉는 날 밤이면
내 청춘의 붉은 바퀴 굴러가다 멈춘 것 보입니다
가슴을 조금 움직여 두근거려보지만
그 길 따라오는 사람 있겠습니까
나는 꿈을 가지지 않기로 합니다
날마다 골목이 나를 불러 꿈을 주고
세상 구석까지 따라가게 합니다
세상아, 너는 아프구나. 나는 얼굴을 돌리고 눈만 껌벅거
렸습니다
늙은 느릅나무 뒤에는 주름진 황톳길이 구불텅거리고
어슬렁거리는 개들 옆으로
저 혼자 젖는 취객들이 많이
어두워져 돌아오고 있습니다
오늘밤 나는
신열에 들뜬 듯 머리를 싸매고
풀섶에 숨어 우는 벌레들의 울음을

사람의 말로 다 적기로 합니다

산간벽지 떠돌다

잔가지 생잎 쓸린 잡풀들

몰래 숨어든 외동 1번지 느릅나무 곁에서.

말

어느날 나는 내가 생각한 것의 반만큼도
말하지 않으리라 결심했다. 말의
성찬이나 말의 홍수 속에서 나는
오히려 말이 고팠다
고픈 말을 움켜쥐고 말의
때를 기다리는 동안 나는
쉬운 말들과 놀고 싶어서 말의
공터를 한번 힐끗 본다
참말은 문득 예리한 혀끝으로
잘려나가고 씨가 된 말이
땅 끝으로 날아다닌다

말이 꽃을 피운다면 기쁘리. 말이
길을 낸다면 웃으리. 말은
누구에겐들 업(業)이 아니리

모든 말이 허망하여도 말의
추억은 아름다운 것이냐
우리는 누구나

쌓인 말의 나무 밑으로 돌아간다.

수서(水西)를 찾아서

양재고개를 넘어
도곡아파트 계곡을 지나간다
구룡산 대모산이
승천 못한 이무기처럼 웅크리고 있다
산길을 따라가니
재활원 비닐하우스 옆 들판이
흰 뼈처럼 널려 있다
여기가 일원동, 너무 멀리 와버렸다
웬 공룡 같은 것들이 이리도 많은가
매봉 정상보다 높다는 듯 뽐내고 있다
은마(銀馬)는 몇년째 대우(大牛)와 대치해 있고
전동차는 신나게 개포나루를 지난다
대청 앞 느티나무
어머니처럼 우릴 기다려주리라 믿었다
한때, 아이들은 나무 밑에서
하모니카를 불고 싸움질을 하고
연애도 걸었었다
지금도 느티나무만 생각하면
누구나 고향 생각에 목이 메인다

만년 평교사인 내 친구 오라버니
공무원아파트 좁은 거실에서
옛날이야기만 하신다
학여울 물같이
위에서 아래로 내려가는 승강기
내 마음까지 따라 내려가
수서 쪽으로 간다
수서가 동쪽에 있다?
아니다. 물에도 길이 있다
물길은 서쪽에 있다.

시인의 말이라고?

사랑은 주는 것이
아름답다고
아물지 않는 상처가
아름답다고
시인은 말하지만
모르는 소리 마라

아문 상처가
더욱 아름답다고
떠날 때를 알고
떠나는 뒷모습이
더욱 아름답다고
다시 시인은 말하겠지만
모르는 소리 마라

슬픔의 진창
목 늘여 들여다보면
세상의 모든 상처
거기 모여 살고 있다

나는 그때마다
악몽을 꾸고
나는 그때마다
병석에 눕는다. 누워 있다. 누워 있을 것이다

청춘이 가는 것도 모르고
간 것도 모르고
갈 것도 모르고

아무것도 모르는
어린 내가 보고 싶다.

책장을 덮는다

큰유리새는 고여 있는 물은 먹지 않고 흐르는 물만 먹는다는데 고운 목소리로 운다는데 고고한 새라는데 뻐꾹새는 제 둥지에서 새끼를 낳지 않고 새끼를 낳아 다른 새에게 기르게 한다는데 숨어서 운다는데 염치없는 새라는데 이상하다, 어째서 울음소리는 똑같이 아름다운 것일까 고고한 아름다움이나 슬픈 아름다움은 그 수준이 다를 뿐일까

시인이긴 하지만 진실되지 못한 사람…… 그 대목에 가서 나는 읽고 있던 『팡세』의 책장을 덮는다.

비 오는 날

플라타너스 잎새 끝의 빗방울

나는 조바심을 한다

내 후회는 두텁고 무겁다

플라타너스 잎새 끝의 물방울, 조바심을 한다

내 눈썹 끝의 물방울
벌써 수위가 넘었군.

가시나무

누가 내 속에 가시나무를 심어놓았다
그 위를 말벌이 날아다닌다
몸 어딘가, 쏘인 듯 아프다
生이 벌겋게 부어오른다. 잉잉거린다
이건 지독한 노역(勞役)이다
나는 놀라서 멈칫거린다
지상에서 생긴 일을 나는 많이 몰랐다
모르다니! 이젠 가시밭길이 끔찍해졌다
이 길, 지나가면 다시는 안 돌아오리라
돌아가지 않으리라
가시나무에 기대 다짐하는 나여
이게 오늘 나의 희망이니
가시나무는 얼마나 많은 가시를
감추고 있어서 가시나무인가
나는 또 얼마나 많은 나를
감추고 있어서 나인가

가시나무는 가시가 있고
나에게는 가시나무가 있다.

이른 봄의 詩

눈이 내리다 멈춘 곳에
새들도 둥지를 고른다
나뭇가지 사이로 햇빛이
웃으며 걸어오고 있다
바람은 빠르게 오솔길을 깨우고
메아리는 능선을 짧게 찢는다
한줌씩 생각은 돋아나고
계곡은 안개를 길어 올린다
바윗등에 기댄 팽팽한 마음이여
몸보다 먼저 산정에 올랐구나
아직도 덜 핀 꽃망울이 있어서
사람들은 서둘러 나를 앞지른다
아무도 늦은 저녁 기억하지 않으리라
그리움은 두런두런 일어서고
산 아랫마을 지붕이 붉다
누가, 지금 찬란한 소문을 퍼뜨린 것일까
온 동네 골목길이
수줍은 듯 까르르까르르 웃고 있다.

누가 내 이름을 부르고 있다

누가 내 이름을 부르고 있다

꿈속일까

병원 의자에서 깜빡 졸았다

호명을 기다리며

차례를 기다리는 동안

지금 부른

내 이름의 여운이

내 가슴에 쿵쿵거린다

왜 나는 오직 실명(實名)으로 살았는가

예명도 없이 법명도 없이

그래, 나는 시인이었던가

때론 실명(失名)하는 인간이었던가. 인간! 아니던가

실명은 징그러운 꼬리처럼 따라다녔던가

여권에도 주민증에도 시집에도

날 붙어다녔던가 아니던가

내게 와서 한번도 가지 않은 이름아

넌 나밖에 몰라 보내지 않았으나

나는 오래 안녕하지 않았다

나는 너무 일찍

이름 석자 누설한 죄로
나한테마저도 나 버려졌는가 아닌가
누가 날 부를 때
이름자 둥글게 사라져버렸는가
나, 세간의 언덕에 기대
울었는가 아닌가
오, 나보다도 날 사랑하는 것이
있었는가 아니던가.

한계

한밤중에 혼자
깨어 있으면
세상의
온도가 내려간다

간간이
늑골 사이로
추위가 몰려온다

등산도 하지 않고
땀 한번 안 흘리고
내 속에서 마주치는
한계령 바람 소리

다 불어버려
갈 곳이 없다
머물지도 떠나지도 못한다

언 몸 그대로

눈보라 속에 놓인다.

시냇가에서

수면의 파문이 겹쳐 떨린다
둥근 물방울같이 환한 수궁(水宮)이 그립다
오늘은 솔새들의 이정표 별자리도 보인다
수정빛 메아리도 들리는 것 같다
마을 집들엔 감꽃이 눈처럼 떨어지고
맨드라미 몇포기
그만, 그만 하듯이 흔들린다
산다는 것이 그렇게 대수로운 것이냐 하면서
나는 바람 쪽으로 돌아앉는다
삶 속에는 왜 그런가요?
물을 수 없는 것, 그런 것이 있다
말벌에 쏘인 듯 살갗이 아프다

제3부

터미널 간다

터미널 간다

잠수교 건너다
강물이 일으킨 파문을 본다
무작정 떠 있는
청둥오리떼
파문 일으키며
압구정 정자 쪽으로 몰려간다
가관이라니!
생각에 잠긴 사이
잠원동 뽕나무 숲 초입까지 왔다
포장마차 있던 자리, 남폿불 꺼지고
대림(大林)아파트 밀림 속을
전동차가 지나간다
원주민들 맘같이
캄캄해지는 저녁
지하 속까지 불빛이 환해
불나비떼 몰려와
길가에 즐비하네
불빛만 보고도 길을 멈추면
집어등 환한

반포 포구, 근처까지 갔다가
노 젓고 저어 터미널 간다
동해 버스표 한장
빨리 줘요.

저 모습

암수한몸인 민달팽이를 보니
일심동체를 보니
아하! 그동안의 행적이 무색하구나
암수 다른 몸이
그 행세를 했으니 반인반수로다
제 몸 허물기라도 하면
저 모습 될까

달팽이집 한채 짓고 싶다
그 집에서 살고 싶다.

그때마다 나는 얼굴을 붉히고

가을 하늘에 새 두마리 아름답구나
내가 쓴 시보다 아름답고 완벽하구나
나는 작은 것 속에 세계가 들어 있다고 쓰지 못했다
그 속에 뭉클한 비밀 있음을 못 보았다
흔들리는 것들, 전에는 나무였던 것 물이었던 것 몰래 바
람 소리
물소리 풀잎 소리 서걱거리며 따라온 길섶에도
생생한 生의 기미가 있음을 못 보았다
나는 오직 꽃들이 무사한지 애착했을 뿐이다
꽃 속에 세상을 넣고 다닌 적이 있다
꽃의 의미, 꽃말들, 꽃씨들은 또 얼마나 둥글고 작았던가
작은 것이 아름다워 새들은
세상에 둥근 씨를 옮기고
나무는 새의 둥지를 낮춘다
그때마다 나는 얼굴을 붉히고
태아처럼 동그랗게 웅크렸던 것이다.

슬픈 벤저민

베란다 창가에 벤저민 한그루 우두커니 서 있다
누가 그를 여기까지 데리고 온 것일까
입양된 지 이십년. 이제 성인이 되었다
어린 줄기 조심스럽게 발을 뻗고
잎은 입이 없어 말도 못한다
단단한 등걸에 나이테 생겼지만
아픔은 꼿꼿해 휘어질 줄 모른다
시퍼런 잎 모두 몸을 떨고
바람결에 슬쩍 흔들거려보지만
마음은 자꾸 뿌리 속으로 들어간다
뿌리를 타고 내려가면
태평양 바다 끝까지 내려갈 것처럼.
필사적으로 두 팔을 뻗고 있다
밑동에서 끈끈한 액이 묻어나온다
수액이 핏물처럼 붉게 물든다
잎 피워도 져도 여긴 고향 땅이 아니다
이따금 잎사귀들, 제 마음의
갈피를 펼쳐 보인다. 초원을
생각게 하는 초록의 둥근 속도 보인다

그러나 네가 입적할 나라는 없다
너의 전생(前生)까지…… 너의 업(業)까지.

청사포에서

청사포 앞 바다엘 간다. 부산 아지매
사투리가 생선처럼 튀는 아침
바다의 자리는 생생하게 빛난다
투명한 물속
저 환한 화엄계!
수평선이 세상을 수평으로 세운다
허공에 넘실대는 갈매기 소리 공허하다
높은 것만이 이상은 아니라고
흐르는 물이 말하네
수족관에서도 꼬리 치는 물고기들
바다로부터 잊혀지고
나는 내 희미한 정신의
시퍼런 파도 소리를 듣는다. 나는
내 귀를 의심한다
나를 덮치는 저 소리. 미친 듯이
나를 살게 하느니……

얼마나

고층 아파트에서 내다보면
아래 것들이 아주 작게 보인다
하늘에서 보면
한통속일 내가 —— 잠깐
착각했을 뿐이다
체중계에 올라서니
몸무게 겨우 50
나이 또한 50, 오공이라……
놀란 가슴이 덜컥 내려앉는다
아직도 달고 있는 그 무게가
불균형의 몸이…… 오, 공(空)이라!
처음으로 잡힌 균형에
내가 다시 놀란다

비 온 뒤 여름날, 나무들이
불끈불끈 솟는다. 아파트를 향해
니네들이 높다면 얼마나 높다고……
보란 듯이……

새록이

시인 이상희의 딸 새록이를
어느 시인의 결혼식에서
우연히 보았다

우연이라도 행복해지고 싶던
내 소원이 봄날처럼 풀렸다

새록새록 피어나는
초록잎 같은 새록이
하늘 아래 아이처럼
뿌리 깊은 나무 보았는가

새록이를 안는 순간
어, 버, 버, 반벙어리가 되었다
아이처럼 좋아서
내 세상이로구나

온종일
새록이와 놀면서

나에게도

딸 하나 새록새록 자랐으면 좋겠다.

역(驛)

마음은 모르게
제 마음 밟고 떠나고
정거장 나온 몸이
다시 떠난다

가출(家出)하여, 굴러가는 바큇살
처처에 박히는, 때로 길가에
내어말리는 세월이어
가는 길은 도대체
이것 아니면 저것으로 갔다
가고 남은 길을
철길이 가린다
나, 평행선에 올라 밟는다
갈 길은 멀고
살 길은 짧아라
가슴속 끓는 기적 소리
누군가 그 속에 누워 있단 말인가
머릿속 석탄들이 꺼멓게 타고 있다
급정거에 밀린 등을 밀면

개찰구를 빠져나가

내 발자국을

따라가는 → 驛

너에게 부침

미안하다. 다시 할 말이 없어
오늘이 어제 같아 변한 게 없다
날씨는 흐리고 안개 속이다
독감을 앓고 나도 정신이 안 든다
이렇게 살아도 되는 것일까
삶이 몸살 같다. 항상
내가 세상에게 앙탈을 해본다
병 주고 약 주고 하지 말라고
이제 좀 안녕해지자고
우린 서로
기를 쓰며 기막히게 살았다
벼랑 끝에 매달리기
하루 이틀 사흘
세상 헤엄치기
일년 이년 삼년

생각만으로도 점점 붉어지는 눈시울
저녁의 길은
제자리를 잃고 헤매네

무엇을 말이라 할 수 있으리
걸어가면 어디에 처음 같은 우리가 있을까
돌아가면서 나 묻고 있네
꿈도 짐도 내려놓고
하루는 텅텅 빈 채 일찍 저물어
상한 몸을 가두네

미안하다. 다시 할 말이 없어
오늘은 이 눈이 어두워졌다.

불꽃나무

홍천에 가면 도(道) 나무로 지정된 불꽃나무가 있다는데 가을이 되면 담쟁이같이 생긴 덩굴이 가지 끝까지 빨갛게 돌돌 말고 올라간다는데 멀리서 보면 불길에 휩싸인 듯이 보인다는데 그래서 아름답다는데 그래서 길 하날 보여주고 있다는데 오늘 나, 문득 왜 이 도(道) 나무가 내 머릿속에 둥실 떠오른 것일까. 나무에게도 길 하나 있음이 생각난 것일까.

나이가 들어도 철 늦은 꽃 한송이 못 피우는 나의 몽매에도 내 몸의 좀스런 거동에도 얼굴 한쪽 안 붉히는 그런 뻔뻔한 점 때문이었을까 오늘 이 세상은 욕망의 불길에 휩싸인 듯 벌겋게 타오르고 있다

불을 끄고 돌아서 도(道) 나무를 한번 더 생각해보니 그 길을 더듬어보니 낙산의 해수관음상이 바다만 계속 바라보고 있다 중생이 앓기 때문에 나도 앓는다는 유마가 저잣거리를 따라가고 있다

나는 중생의 길에서도 아직도 길 밖에서 비틀거리고 있는 내가 버리고 있는 샛길 하나 겨우 보였다.

그믐달

달이 팽나무에 걸렸다

어머니 가슴에
내가 걸렸다

내 그리운 山번지
따오기 날아가고

세상의 모든 딸들 못 본 척
어머니 검게 탄 속으로 흘러갔다

달아 달아
가슴 닳아
만월의 채 반도 못 산
달무리 진 어머니.

복습

예습도 없이 들어간 수업 시간
복습에도 여전히 게을렀다
세상은 그에게 시험 시간을 주었지만
그는 모범 답안을 쓰지 못했다
주관식이 아니고 객관식인 시험문제
문제는 늘 거기에 있었다
나는 나인데, 내 삶은 나의 것인데
왜 내가
주체가 아니고 객체라야 하는가
그가 질문하면
인생은 그런 거라고, 대충대충 사는 거라고
따지지 말라고 대답하네
그는 너무 시험에 빠진 것일까
그게 그의 시험일까
자신도 모르게 객관식 시험에 물이 든 그,
노을에 물든 하늘을 보니
얼굴이 붉어진다
그가 만일
헤겔 씨의 변증법이라도

열심히 공부했더라면

정(正)과 반(反)과 합(合)의 의미를 알았을 것이다

밤새워 공부해도 피 터지게 살아도

세상은 그에게 낙점만 준다. 무엇이 문제일까. 그의 방법
이 문제일까. 문제는 늘 방법을 찾는다. 문제만 해결되면 그
도 언젠가 우등생이 될 날이 있긴 있을까, 있을까?

열등생에게도 방법은 있다고, 절망 뒤에는

희망이 온다고

교과서에 쓰여 있지만

그를 가르친 건

희망이 아니라 절망이었다

절망은 그의 선생

선생은 그를 복습시킨다.

아침마다 거울을

아침마다 거울을 본다
거울 속의 나를 본다
거울이 물속 같다
물속에 내가 빠져 있다. 물 먹고 있다

잡을 것이 없는 물속에서
나는 허우적거린다
아무도 물속에 있는
내 속을 모른다. 몰라준다
내 심장의 고랑
내 늑골 밑의 습지
내 머릿속 웅덩이 그리고 나의 무덤

나에게는 다시 써야 할 생이 있다
세상이 잘못 읽은 나의 生
수몰된 生
암매장된 生

누가 읽기도 전에 나를 써버렸다

그들에게 도난당한 장편의 문장들
그 때문에 틀린 생의 제목들
내 생, 너무 오래 생매장되었다

아침마다 거울을 본다
거울 속의 나를 본다
나는 곧 재조명될 것이다. 밝혀질 것이다
거울같이 환하게.

제4부

직소포에 들다

직소포에 들다

　폭포 소리가 산을 깨운다. 산꿩이 놀라 뛰어오르고 솔방울이 툭, 떨어진다. 다람쥐가 꼬리를 쳐드는데 오솔길이 몰래 환해진다.

　와! 귀에 익은 명창의 판소리 완창이로구나.

　관음산 정상이 바로 눈앞인데
　이곳이 정상이란 생각이 든다
　피안이 이렇게 가깝다
　백색 정토(淨土)! 나는 늘 꿈꾸어왔다

　무소유로 날아간 무소새들
　직소포의 하얀 물방울들, 환한 수궁(水宮)을.

　폭포 소리가 계곡을 일으킨다. 천둥소리 같은 우레 같은 기립 박수 소리 같은 ─ 바위들이 몰래 흔들 한다

　하늘이 바로 눈앞인데
　이곳이 무한천공이란 생각이 든다

여기 와서 보니

피안이 이렇게 좋다

나는 다시 배운다

절창(絶唱)의 한 대목, 그의 완창을.

미아리 엘레지

미아리 부근을 미아처럼 걷는다. 어디쯤일까
미아리 눈물 고개 단장의 미아리고개.
신세계백화점 미아점 지나
삼거리 쪽 추억장 지나 버스 정류장 옆
행복장 지나 점입가경 장장(莊莊)
몇십리를 걸었으나, 고개는 어디쯤일까
힘이 빠진다. 벌써 나는
미궁을 보고 있는 것일까
거미줄같이 느릿한 밤이 몇겹 내린다
노란 민들레들이 크크크 웃으며 피어난다
길일(吉日)인가 길음(吉音)인가. 삼양(三羊)동이 비틀대다
골목으로 사라진다. 나는
손톱의 가시를 뽑아 가슴에 박는다
상계로 가는 차들의 불빛이 환하다
애써 그쪽으로 머리를 돌려본다
갑자기 내 속으로 봇물이 넘쳐든다
머리에서 가슴까지
중계에서 하계까지 뒤척거린다
여기까지 왔구나, 미아리가

졸랑졸랑 삼선교 다리까지
따라가고 있다. 아무도
그가 미아가 아니라고 생각하진 않는다.

그래서

먹는다, 먹는다면 밥인가
욕인가, 욕망인가
씹고 씹으면서
소화하지 못한 生밥을
生의 밥이 된 나를
밥줄이 놓아주지 않는다
밥이 되는 일이 그래서
사는 일이
죽이 되지 않고
온밥이 되는 일이 그래서
쉽지만은 않다
고프면 더욱
생각나는 밥이
허(虛)하면 더욱
고픈 사랑이 그래서
우리의 밥이 되는 밥이 그래서
우리의 밥이 되는 사랑이
그래서 우리가 매달리는 줄이
그래서 면면히 이어질

生의 줄, 밥 — 줄.

무심천의 한때

무심천 변에서 무릎 세우고 몇시간을 보냈다
무심 속에서 온통 물을 이루는
물방울 물보라 물거품들
수심을 들여다보다 무심코!
없을 無에 대해 생각해본다
무욕과 무등(無等)과 무소유의 나날들
그동안 집착하던 것들로 목이 메었다
몸은 벌써 강물에 젖고
마음이 밀물처럼 빠져나간다
무슨 억하심정으로 일생이여.
속세에 갇혀 속수무책인가
나는 유한한 존재로서 세상에 혹하고 싶었다
불혹이든 물혹(勿惑)이든 달랑거리면서
무언(無言)이든 묵언이든 무슨 업이든 生으로.
낚싯줄 몇, 길게 던진다. 파문의 생기(生氣)!
문득 살얼음 드는 생의 생각들
수초처럼 잠겨 없을 無 없을 無 흘러간다
생이 어떻게 무감동인가 무의미한가 무력한가
무색하여 나는 오늘

흰눈썹울새처럼 이동하고 싶다. 무단횡단하고 싶다
강—남—으—로, 강의 남쪽으로
강의 끝으로, 무한대로 무시무종으로 무조건으로.
가다보면 공중에 붕(鵬) 뜬 나의 진공(眞空)!
무색계로 가네
이것이 혹 무릉도원인가 무량수전인가
아슬아슬하다. 춘천 하늘 저녁별이
춘·천·춘·천 깜빡거리고
무심천에 무심히 흐를 것들
뒤돌아보면 흐를 것은
저만치 흘러가 있다. 무심히.

상상

베개를 베고 누워 바라본다 천장!
내가 상상을 시작한 게 몇살이었지?
천장을 뚫고 나가 하늘을 날던 때
나는 저어새보다 더 멀리 저어가고 싶었다
천산(天山)을 넘어 장백(長白)을 건너
끝까지 가면, 더 더 끝에 가면
나의 청춘 마리안느!
사막까지 헤매네
어디에 몸 숨기고 엎더 있을까
오, 뱅상의 사랑 오아시스.
목말라본 사람만이 물속을 알리
막막한 모래 속의 날들이여.
나는 그때
낙타의 젖은 눈을 보았다
따로 울지 않는 그를 보았다
백옥강 건너 고비사막까지
비단길을 따라 가고 또 가는
노새 등에 매달리다
나는 번쩍 눈을 뜬다

생각의 꼬리를 물고 가는 약대의 행렬

내가 상상을 시작한 게 몇살이었지?
내가 바라본 천장, 내 상상의 열대.

식자(識者)

식충(食蟲)이처럼 살지 말게. 그렇게는 살지 말게
짐승처럼 싸우지 말게. 그렇게는 살지 말게

외할머니
식(識)도 없는, 나의 외할머니
말씀하셨다

나는 내가 지금
식자가 되었다고 생각하지 않는다
식자가 빈자가 되는 세상에서
식자(食者)가 부자가 되는 세상에서
식충이가 될까 두려울 뿐이다

식자우환(識字憂患)이라고?
아는 것이 나의 병인가
나의 병이 아는 것인가

식자도 식후경인지
먹고 싸우고 싸우면서 먹는

식충이 같은
짐승 같은 날들

춘궁기도 아닌데
이 봄, 나는 배가 고프다.

밤섬

　가는 길 모두 구부리고 가면서 넉넉하게 이 세상 받아낸
다고 오기처럼 시퍼런 숲처럼 종일 바람에 이를 갈며 나, 전
생에 무슨 죄가 많아 귀신 보드키 어물쩡 보지 못한 세상살
이 몇해던가. 허리 곧추세우며 절대로 저 길바닥에 엎드리
진 않으리라 마음 다져 먹을 즈음 머릿속 씨들은 떨어지고
가슴은 한강 폐수처럼 썩었는디, 밤섬은 밤의 숲거치 벌써
몇해쟨 거여. 과부처럼 오도마니 독신녀처럼 저렇게 생똥하
게 앉아, 순수와 순결 고집하면서 깨끗해져야 할 강물처럼
사람들의 가슴속에 천진무구한 물결이 흐를 것을 기다리면
서, 홀로 원효대교 밑을 일체유심조로 흘러가는 강인 듯, 마
음 하나 붙잡고, 상류(上流) 한줄기 사상(思想) 하나 붙들고,
원효 같은 사람 한번 어디서 만나 어디를 흘러 율도국에 가
나, 일체 일체 흘러서.

어디로 갈까

외나무다리를 건넜지요
자갈밭길을 지나갔지요
늙은 팽나무를 돌아갔지요
잡초 속 이정표를 스쳐갔지요
미나리꽝을 바라보며 갔지요
풍차간 논둑길을 걸어갔지요
남새밭을 건너뛰었지요
물방앗간을 슬쩍 보며 갔지요
샛강 갈대밭을 빠져나갔지요
빈 들판을 질러갔지요
별을 보고 길을 묻기도 했지요
바람에게 옷을 말리기도 했지요
Donde Voy?
나는 어디로 갈까
Donde Voy?

세상을 돌리는 술 한잔

포도주를 들다 생각해본다
나는 너무 썩었고 오래 썩었다
발효된 내 거대한 심통(心筒)에
묵은 찌꺼기 누추하다
나는 속 썩은 인간으로서 냄새를 피웠고
말 대신 게거품을 물었다
몸속 어디에
포도송이 꽉 찬 포도밭이 있는지
넝쿨이 굽은 뼈처럼 뻗어나온다
마음의 서쪽, 붉게 취한 노을 어룽거려
찔끔, 눈물도 나온다
이 머리통, 나도 생각하는 사람이라
여기, 어디에 도계(道界)는 있는지
술 한잔 돌리면서
내가 귀의한 세상에게
할 말이 있다면
내가 세상을 술잔처럼 돌리고 싶다는 것이다
한잔의 순환을 간절히 바란다는 것이다
포도주를 들다 생각해본다

나는 너무 썩었고 오래 썩었다.

나를 당기소서

49세에 「늑대와 함께 춤을」을 써서
작가가 된 마이클 블레이크와
보길도에 귀양 갔다 65세에 「어부사시사」를 쓴 고산 윤선
도와
일생 동안 한번도 여자를 못 보고 82세에 죽은 수도승 미
하일로 톨로토스와
죽을 때, 가슴을 가시에 찔리면서
일생에 단 한번 울다 죽는 가시나무새와
원시림의 높은 가지 위만 날면서
지상에는 내려오지 않는 모르포나비와
아침 이슬만 먹고 사는 부전나비와
백마강 고란사에서만 사는 고란초와
평지에선 살지 않고
바위 위에서만 사는 기린초와
진실로 우리는 그림밖에는 아무 말도 할 수 없다고
동생 테오에게 마지막 편지를 보낸 고흐와
병에 걸린 것을 깨닫지 못하는
문명사회에서, 자기가 환자임을 알고 있는
유일한 인간 『아웃사이더』를 쓴 콜린 윌슨과

눈이 두개 귀도 두개인데
입이 하나밖에 없는 것은
두개를 보고 두개를 듣고
말은 하나만 하라는 것이며
하나를 말하기 위해선
둘을 보고 둘을 들어야 한다는 간디와
어머니와 정의 중에서 선택하라면
나는 어머니를 선택할 것이라던 까뮈에게
나는 이렇게 말했네
신이여, 부러지도록 나를 당기소서
다시 부러지도록 힘껏 당기소서.

독신녀에게

발 없는 새는 날다 지치면
바람 속에서 쉰단다. 바람 속에서 쉬다니!

산버찌를 많이 먹으면
눈물 날 일이 생긴단다. 눈물이라니!

벌은 소리로써
대화를 한단다. 대화라니!

숲속에서 뿔피리를 불면
사냥이 잘된단다. 사냥이라니!

기린초는 바위가 많은
척박한 곳에서만 자란단다. 척박한 곳이라니!

나폴레옹은
괴테를 보자 사람이 왔군 했단다. 사람이라!

희극보다 비극이

진짜 예술이란다. 진짜라니!

미켈란젤로는
미혼이었단다. 미혼이라니!

발 없는 새는 지상에 내려오면
그땐 죽는단다. 죽다니!

── 아픔은 늙을 줄을 모른다, 이만.

생각하면서

    떨어지는 폭포를 보며 물길에도 절망이 있을까 생각하면서 고갯길을 내려오면 바닥이 다 보이는 시냇물 속 웅크리고 있는 조약돌에도 아픔이 있을까 생각하면서 논둑길을 걷다보면 하늘 한번 못 보고 고개 숙인 벼 이삭에도 고뇌가 있을까 생각하면서 징검다리 건너가면 쉬지 않고 아래로만 내려가는 물에도 욕심이 있을까 생각하면서 무덤 곁을 지나다보면 모난 곳 한군데도 없는 둥근 것 속에도 불만이 있을까 생각하면서 솔밭 사이로 가다보면 한평생 한 색깔로 홀로 선 청솔에게도 변절이 있을까 생각하면서 하늘을 보다보면 시시각각으로 변하는 구름에도 정처가 있을까 생각하면서 돌아오다보면……

어떤 것에 대해 생각한 것들과 생각해야 할 것들이 길이 되어주었다. 삶 속에는 왜 그런가요?라고 물을 수 없는 그런 것이 있다.

일년 내내 눈이 먼 채로 살다가, 가을이 되어 눈에서 비늘이 떨어져나가면 비로소 앞을 볼 수 있다는 숭어에 대해, 벚꽃이 필 무렵, 남풍이 부는 따뜻한 날에 바다에서 강으로 거슬러 올라가다 가을에, 제가 태어난 하구로 돌아가서 알을 낳고 죽는다는 은어에 대해, 땅속에서 6년 동안 애벌레로 살다가 네번째의 껍질을 벗은 뒤, 가장 날씨 좋은 여름날을 택하여 다섯번째의 껍질을 벗고, 땅속을 뚫고 나와서야 날개 달린 한마리의 매미가 된다는 유지매미에 대해, 둥지가 없어 춥고 긴 밤을 떨면서 날이 밝으면 꼭 둥지를 지어야지 하고 밤새 다짐하지만, 아침 해가 떠오르면 그 따뜻함과 편안함에 취해 집 짓는 걸 잊어버리고 만다는 야명조라는 새에 대해,

나, 할 말을 줄이려 한다.

다시는 아무 곳에나 내 이름을 내려놓지 않으리라.

1994년 9월
천양희

세상을 내려놓고는 길 한쪽도 볼 수 없어
수수밭을 지나 머윗잎 몇장 더 얹어 여기까지 왔다.
머리에서 가슴까지 세상에서 가장 먼 길
그 길을 따라 스물다섯해 발자국을 옮겼다.
그동안 새긴 발의 자국!

　시인 김승희가 고독의 금속 위에 한뜸 한뜸 새긴 발자국
이라고
　감히 「두이노의 비가(悲歌)」에 견주어 말했을 때
　그 말이 진정한 비평처럼 나를 슬프게 하지 않고 아프게
했다.

　그 아픔이 시란 아무도 돌봐주지 않는 고독에 바치는 것
이며
　시인이란 '적막'이라는 무서운 짐승을 기다리는 고독한
사냥꾼이라고 또 넌지시 말해준다.

그 말의 힘으로 시를 품어서 꿈을 키운 사람들의 마음속에 한 만평쯤 되는 시밭을 들여놓고 싶다.

한편은 삶의 의미를 찾는 사람들을 위해 다른 한편은 누군가를 사랑하는 사람들을 위해 마지막 한편은 우리를 외면한 사람들을 위해 바쳐졌으면 좋겠다.

우주가 넓을수록 지평선이 커지듯이, 침묵에도 파문이 일듯이 마침내는 모르는 이의 마음도 수수밭을 지났으면……

2019년 가을
천양희

창비시선 다시봄

마음의 수수밭

초판 1쇄/1994년 10월 31일
개정판 1쇄/2019년 10월 10일

지은이/천양희
펴낸이/강일우
책임편집/전성이 박준 박문수
조판/신혜원
펴낸곳/(주)창비
등록/1986년 8월 5일 제85호
주소/10881 경기도 파주시 회동길 184
전화/031-955-3333
팩시밀리/영업 031-955-3399 편집 031-955-3400
홈페이지/www.changbi.com
전자우편/lit@changbi.com